KB022982

오지

b판시선 007

조수옥 시집

오지

도서출판 b

8년 만에 세 번째 시집을 낸다
동가숙서가식했던 나의 詩들아
용케 불씨로 살아 있구나
이제는 제발 따뜻하기를
그간 안부 묻지 못했던 세상 모든
오지 소식과 오래도록 동거하고 싶다.

2015년 3월

조수옥

| 차 례 |

제1부

광휘

하루의 노동을 마치고
수평선 너머로
귀가하는 사내의 뒷모습은
얼마나 아름다운가

멀어질수록
가까이 다가서는

지상에 내걸린
블렌딩 유화 한 점

오지奧地

　산 첩첩 눈 끝을 향해 달려오는 산맥 허리마다 누군가 휘갈긴 비백飛白 사이로 뾰쪽 내민 산의 이마에 적막이 깊다 내 등뼈를 타고 몰아치던 그해 겨울 눈보라 비칠거리는 능선 한가운데서 적설은 내 허벅지까지 친친 붕대를 감아댔다 흔적은 흔적을 지우고 그 아스라한 경계에서 나는 산이었다가 나무였다가 아무것도 아니었다가 사방은 온통 눈 첩첩 거대한 북극곰들이 으르렁거리며 진을 치고 가쁜 숨을 내쉬었다 더는 갈 수 없는 내 몸의 오지 등뼈 그 골짜기 거제수나무 껍질에서 저문 바람소리가 들렸다 웅성거리는 곳에 귀 기울이면 사무치는 것은 그대를 향해 뛰어가는 발자국만은 아니었다 다만 그곳에 짐승처럼 웅크리고 있을 그대의 거처가 궁금했으므로 아직 봉인되지 않은 그리움이 겨울을 나고 있으리 외진 바람으로

이 소리

뿌지직— 찌익— 찍—
나는 이 소리가 좋아
오래 참았던 방귀를 뽑아내는 괄약근처럼
나뭇결이 화들짝 놀라 뛰쳐나오는 소리
왜 그렇게 후련하고 경쾌한지 몰라
평생 옥죄었을 가난을 뽑아내는 것 같은
그 소리가 왜 도랑물처럼 귓바퀴를 맴도는지 몰라
응어리진 체증을 꽉 물고 나온
녹슬고 휘어진 대못 하나
손바닥에 올려놓고 한참을 본다
세상 어디 목줄을 힘껏 누르고 있는
슬픔, 뽑아내고 싶은 것이다
돼지발톱 장도리로 뿌리까지 확—

우체통에게

기다림의 내부를 들여다본다는 것은
그대 몸속에 아직 차오르지 않는
꽃대의 빈 속을 바라보는 일입니다
언제 찾아올지 모를 바람의 쓸쓸한
안부를 빈 가슴으로 적셔보는 일입니다
무수한 날이 별똥별처럼 떨어질 때
아직 봉인되지 않는 입술은 부르터
바람인 듯 쉬 닫히지 않습니다
직립의 사무침이 한 곳에서
기다림으로 붉게 꽃피울 수 있는 것은
깜깜함이 온통 뿌리이기 때문입니다
누가 그대를 들여다보고 있나요
마음의 모퉁이를 서성이던 날들이
발신음으로 떨고 있지는 않나요
기다림은 비어있는 자리가 아닌
누군가를 위해 비워놓은 그대 손길입니다

하지

서당골 코빼기산 닭 벼슬 바위가 거뭇하다

툇마루에 앉아 책을 보는데 객지에 산다는

동창 부음을 받고 가슴께에 조등을 내건다

감나무 아래 늙은 개가 땅바닥에 졸음을 내려놓았는데

한 평 그늘이 묘혈 같다

마늘단이 까실히 말라가고

처마 밑 제비 살던 오막살이 한 채

적막이 깊다

새

새가 날아가 버렸다
눈 깜짝할 새
날갯짓할 새도 없이
쳐다볼 틈도 없이
정말 눈 깜짝할 새
어느 누구도
볼 수 없는
이젠 영영 날아가 버린……
눈 깜짝할 새
나는
이만이천구십 일을 날아왔다
나뭇가지에서 하루가
새처럼 날아간다

생의 저쪽

장작불에 언 몸을 녹인다
강물 풀리는 소리가 들린다
타닥타닥 타오르는
불꽃 너머에 누군가 있다
불러도 듣지 못하는
흐린 하늘 같은 누군가 있다
아궁이 앞에서 청솔가지 꺾어
군불지피는 누군가 있다
기다림이 다 타도록 남아
눈시울 뜨겁게 바라보는
장작불 속에 누군가 있다

화두

나무는 제 몸속을 운행하는 동안

생의 절정에서 출혈을 한다

그것은 소멸을 향하는 반란이자 환생의 묵시록이다

겨울이 오면 삭발하고

삭풍에 몸 곧추세우며 길 떠나는 나무

붙잡지 마라

묵언정진 소생의 길이다

어떤 셈법

나는 통박으로 세상을 재고

자벌레는 온몸으로 세상을 재고

어머니는 오그라든 손가락 꼽으며 세상을 헤아린다

두루마리 화장지

두루마리 화장지가 날리고 있다
날리는 것은 허공의 힘에 편승할 줄 안다
누군가 흘리고 간 흔적 같은
한 방향으로 질주하는 속도를 따라
파도의 이랑을 만들기도 하고,
자동차 창문을 살짝 건들기도
범퍼 위에서 치어리더가 되기도 한다
바퀴에 깔리거나 바람에 날려
사라져버릴 두루마리 화장지
돌돌 말아 쓰윽 그곳을 닦을 때
알겠다, 生은 한 롤의 두루마리 같은 것
얼룩을 소리 없이 지워주는 것
더는 풀릴 수 없는 소실점에서
슬픔까지도 두루두루 어루만져줄
두루마리 화장지는 두루미울음이다
출근길 차 엉덩이를 슬쩍 치며
하르르 응석부리는, 너를 향해

펄럭이는 오늘 또는 한 겹의 나

민들레

저 원형의 발사체

언제 카운트다운에 돌입할지 모른다

혈혈단신 흩어져 허공을 가를

결의가 끓고 있는 순간

누구도 막을 수 없는

생존법에 대해 말하지 않겠다

폭발이란

한 생이 건너가는 극한의 몸짓임을

그리하여 다시 피어나는 꽃임을

명당

매미가 울음을 그치고 움직인다
멈췄던 울음이 움직이기 시작한다
울음덩어리에 싸여 보이지 않던 여린 발끝이
점자를 읽듯 나무의 맥을 더듬는다
조금씩 아주 조금씩 골똘하게
울음을 옮기는 일은 저리 숨이 막히는가
눈 끝이 파르르 떨린다
나무의 수맥이 흐르는 곳은 어디인가
氣의 발원지는 어디쯤인가
울음을 꽃피울 穴자리는 또 어디인가
발끝에 전해오는 나무의 통점을 흠향하며
허물을 벗듯 조금씩 세상 밖으로
울음을 뿜어 낼 자리를 찾고 있다
명당이란 저리 간절한 이승의 몫인지
한 생애를 온통 울음만으로 살다가는
나무의 혈판血判을 점지하는 순간,
멈췄던 울음이 날개 끝을 적신다

삼월의 몽상

　너를 기다렸지만 황사만 날아와 입 속에 씹혔다 어느 날은 개수대 구멍이거나 탱자나무 울에 그물을 걸고 기다렸지만 너는 표정과 무표정 틈새로 빠져나가 버렸다 스쳐가는 바람에게 근황을 묻는다 시간이 시간의 파고를 넘어가지 못하는 것은 시간의 배면에 그물을 걸었기 때문, 봄의 현관에 문패를 내건 목련의 개화소리를 들어보라 한다 개화와 낙화, 그 찰나의 가슴앓이가 이제 들리는 듯도 하다

자서전

자서전을 쓰려거든
저렇게 쓰렸다

만물상 같은 경력 말고
천박한 미사여구 말고
적당한 뻔뻔함은 더욱 말고

꽁꽁 언 방음벽에 생의 내력을
핏줄로 사생寫生하는
한겨울 담쟁이넝쿨처럼

제2부

신호등

세상에 사람보다 더 중한 신호등
어디 있으랴

생의 에움길 힘겹게 지나온
아직 끝나지 않는 곡절이 있느니

저기, 몇 올 백발이 움켜쥔

평생을

횡단보도가 느릿느릿 밀어내고 있다

풍경

고 풍경 하나 참 달고 질기구나
입가의 주름이란 주름 죄다 한 곳으로 물꼬를 텄으니

입을 오므릴 때마다
잔 물살처럼 모여드는 굴곡진 생의 내역들

할머니는 시방
참외의 단맛이 밖으로 새나갈까 봐

귀 닫고
입 닫고
세상 시름 모두 닫고
오물오물 오직
진물 나는 집중이다

살다보니 쓴 세월도 요러코롬 단맛일 줄이야

시장통 좌판 앞 할머니 느리게
느리게 시간을 오물거리고 있다

능소화

무슨 질긴 인연 있어
죽은 나무를 친친 휘감아 오르는가
잉걸불만이 아니다
팔월 염천 다 태우고
축 처진 허공에 어쩌자고
꽃입술 박음질하고 있는가
눈빛 한번 마주치면
사랑의 도가니에 빠지고 마는
그녀의 태생적 色을
잠재울 엽색獵色의 사내는 없는가

요염한 약탕기 속으로
사방의 헛것들이 빨려 들어가고 있다

대나무 맹세

마디마디 놋가락지 쌓아올린

한 그루 푸른 탑이여

바람에 휘어지고 꺾일지라도

죽음까지가 맹세다*

단 한번, 백년해로 꽃피울 때까지

*손택수의 「대꽃」에서

오매 어째야쓰까잉

옷소매가 길어 수선집에 들렀다
이틀 뒤에 찾으러 오라며
이름을 묻길래 수옥이라고 했다
발음이 어눌했는지
수억이요?
아니 수옥입니다
차라리 수억이면 좋았을 텐데요
수억을 벌 수도 있지 않느냐며
터진 실밥처럼 배시시 웃는다

(으따찰로, 아짐씨 찬말로 말씸 맛나게
해부요 지 이름자까징 수선해불라고 그라요)

듣고 보니 혹 이름을 바꾸면
수억을 벌 수 있지 않을까
구슬$^{(玉)}$이 서 말이면 무엇 하겠는가
수억이 훨씬 낫지, 암 낫고말고

36

수억 수억 수억 씨~익 웃으며
골목 수선집을 나서는데
귀때기를 후려치는 찬바람에
수억이 통째로 날아가 버렸다

등명燈明

자드락길 초입
고사한 오동나무
움푹 파인 밑동이
토굴을 놓았다
가까이 다가서자
동자승 같은 새싹 하나
장좌불와
성성적적惺惺寂寂이시다
토굴에 차오르는
보공補空의 빛
속세의 내가 어둡다
열반에 든 오동나무
또 하나의 생을 향해
저리 합장하고 있느니

우기

1
비가 쏟아지자
우산을 폈다
빗소리가 귓속으로 흘러들었다
달팽이관이 넘치면
침전물이 걱정처럼 고였다

2
개천 쪽으로 길을 튼다
이런 폭우라면 개천은
옆구리가 터질 수도 있겠다
웃음이 터진 시간은 얼마나 행복할까
웃음은 수리할 필요가 없으니까

3
구름이 폭발한다
열 받아 열을 쏟아내는

폭약 하나쯤 안고 사는 사람들
무섭도록 후련하겠다
어디선가 들려오는 자동차 비명소리
빗소리에 파묻힌다

4
문득 허기 앞에 멈춰 설 때
개망초꽃 꺾인 허리
앗, 바닥에 엎질러진 생계
계란프라이!
빗물이 흥건하다
지하셋방
꽃무늬벽지를 잡고 오르던
슬픔은 무사한지

5
사방으로 넝쿨손을 뻗었으나

절벽뿐

그는 희망이 좆같다고 했다

허리를 숙이며

바지에 묻은 흙탕물을 털어낸다

나는 네게서 왜

잘 털어지지 않는 것일까

6

비가 멈췄다

나를 접자

하늘이 우산살처럼 펴졌다

건물 위로

새 한 마리가 획— 밑줄을 긋고

개천 물살을 따라

우기가 건너가고 있다

곡선의 나라

외진 산비탈을
등뼈처럼 흰 다랑논이 기어오른다
윗논이 아랫논을 끌고
아랫논이 윗논을 미는
평생을 쇠똥구리처럼 오르내리며
가파른 허기로 파 일군
천출賤出의 땅
벼꽃 피고 땀방울 영그는
아버지 어머니가 사는 나라
쑥꾹새 우는 나라

어떤 팻말

삼대독자인 손주
장가 못 보낸 당고모가
담장 밖 나대지 파밭에
팻말을 꽂았는데

파 뽑지 마라!

이년들아

씨 좀 받자

씨 받아

나도 좀 살자

선문답

산 너덜겅 오르는데
앞선 젊은 사내가
아이고 힘들어 죽겠네
불덩이를 토하자
마침 하산 중이던
스님 한 분이
고게 山 맛이지요
화답을 하네
듣고 보니
삶 맛인지 산 맛인지
도무지 알 수 없어
한참을 생각하다
물 한 모금 마시며
하늘을 보는 순간
삶 맛과 산 맛이
일체유심조인 것을
뒤늦게 깨우치는

아둔한 나여

겨울엽서

-선운사 송악 넝쿨

말발굽 소인 찍힌 그대의 엽서가

갈기 휘날리며 이곳까지 무사히 당도하였습니다

한 폭, 겨울 암화로 직벽을 타오르는

불길 같은 생이라니요

눈도 귀도 먼 사랑이 저리 뿌리 뻗었다니요

폭설 그치면 꽃소식으로 뵙자구요

그대 생각하며 작설차 한 잔 우려내는 중입니다

십리포에서

-소사나무

중심을 잡는다는 게
곧게 뻗침만은 아닐 것이다
수직을 허물어 단호히 내치는
빗금 혹은 무정형의 질서가
수형樹形의 중심일 터
뒤틀리고 옹이진
가지의 파란만장함이
군락을 이뤄 거센 해풍과
맞장을 뜨며 헛헛한 세상의
한 귀퉁이를 떠받치는,
생은 한 곳에 뿌리를 뻗어
끊임없이 흔들리는 허공의
비대칭 데칼코마니

때

한 번도 배고파 보지 않은 사람은 없다
떵떵거리며 한번 살아봐야지 생각하지 않은 사람 없다
열매의 허기를 채워주는 햇살처럼
자식의 아픈 배를 쓰다듬는 어미의 손길처럼
세상에 뿌리 없이 홀로 자란 것 없다
밤새 휘몰아치던 비바람이 태양의 뿌리였음을
어느 날 문득 이 세상에 없는 사람 간절히 생각나
먼 하늘 바라보며 텅 빈 가슴을 쓸어내릴 때
울컥, 목울대를 치미는 아련함

제3부

그 여자

젊은 날 남편 먼저 바다에 보낸 밤구머리에 살던 그 여자 가자미 낙지 게 숭어 고둥 고무다라이에 이고 이 동네 저 고샅 돌며 '싱싱한 괴기 사시요' 외치던 그 여자 출렁이는 젖통 비린내 절은 포플린 몸뻬 꽃무늬로 여미고 퉁퉁 부은 맨발 삐져나올라치면 앞꿈치로 콕콕 땅을 찍어 고쳐 신던 까막고무신 그 여자 몇 년 전 겨울 뱃일 나간 외아들마저 풍랑에 내주고 그만 눈이 먼 그 여자 바닷물이 마당귀까지 철썩이는 함석집에 굴딱지처럼 붙어서 세상 보고 듣는 것이라곤 그믐달 같은 귀밖에 없는데 오늘이 몇 물인지 江岸 어디쯤 달이 차오르는지 귀신보다 먼저 아는 그 여자 오랜만에 문지방 넘어오는 연분홍 봄소식에 갯메꽃처럼 방긋 귀를 여는 내 생의 포구에 밀물지는 그 여자

봉분

양지바른 산자락
차안과 피안의 경계에

아직 황토빛 서러운
그대 일생 앞에 엎드려

패랭이꽃 한 송이
봄날을 헌사하고 있다

임원항에서

민박집 빨랫줄에 아귀가 마르고 있다
바다의 식욕을 말끔히 도려낸 배때기
절망보다 매서운 칼바람이 살점을 찌르며
살 속 핏기마저 샅샅이 훑고 있다
아귀는 생을 포기하지 않겠다는 듯
부릅뜬 이빨로 허공을 찢어발기고 있다
수평선 근처에서 집어등 밝히며 밤을 지새운
괭이갈매기가 몰고 오는 고깃배 한 척
바다는 속살 같은 너울로 다가오지만
예고 없는 풍랑을 미끼처럼 풀기도 한다
방안 액자에 걸린 난바다에 눈발이 친다
어젯밤 타다만 장작들이 꽁꽁 언 겨울들판
곳곳에 호호 불씨를 심어줄 것 같다
한줌 숙취를 파도에 던져주며 파닥거리는
우럭을 토막 쳐 얼큰한 아침이 끓는 동안
시간은 벌써 떠날 채비를 하는 것이다

흙의 노래

죽으면 썩어 문드러질

몸땡이 애껴서 뭣한당가

흙이 썩는다고 했다

흙이 곯아진다고 했다

옘병할!

급살 맞을 하늘

열이레째

비는 하혈처럼 쏟아지고

수십 년 폐경으로

수문 닫은 어머니

수문 근처 둠벙에서

황소개구리 운다

저 망할 것!

추

생계의 급소에서
태엽을

감았다
풀었다

고층유리벽을 닦는 사내

아슬아슬
외줄과 명줄을 오가는 추鍾

도시의 불알

벽화

장마꽃 핀다 피기까지 지루한 시간이 이곳까지 당도했으리 눅눅한 냄새를 슬어 놓은 포자의 방, 쥐 오줌 범벅인 종이장판 진물 나는 시간의 더께를 뚫고 구물구물 냉기가 기어 나온다 단절된 외딴방이 피워낸 겹꽃 홑꽃 기우뚱한 꽃밭, 찢겨 내려앉은 천장의 꽃들은 치마 속 어디에 뿌리를 감췄을까 꽃잎마다 근친상간의 얼룩이 쾨쾨하다 먹구름이 운다 목에 걸린 천둥소리에 꽃들이 쿨룩거린다 내 몸의 벽지, 살갗에서도 꽃이 피려는지 온몸이 근실근실하다

혼신지

수면에 마른 연꽃대 비친다
주술에 걸린 듯
빨려 들어가는
상형문자들의 혼^魄
해독할 수 없어 눈부신
온갖 형상의 그림자가
제 생의 문양을 탁본한
수면 위로 일몰의 역광을 토설하는
피사체가
문장을 세우는 저곳

누가 저 일필휘지를 평설할 수 있는가

*혼신지: 경북 청도군 오부실 마을 蓮池

58

비경

봄날 저잣거리에 쭈그려 앉아 미나리 순 다듬다 말고 고개를
젖히며 하품하는 할머니 풀물 든 손가락 사이로 누런 이 두
개가 동굴 석순처럼 슬며시 세상을 엿보고 있다

생굴

안면도 안면사安眠寺 앞 바닷가
오십여 년 굴을 까고 있는 할매
갯벌을 둥지 삼은 삶의 처소가 비리다
자식들 일으켜 세우느라 등골 휘고
모두 출가해 허리를 펴는가 싶었는데
영감 천식이 다시 도졌으니 어쩌겠슈
약값에 보태려면 손 놀릴 수밖에
한 사발에 오천 원인데 공치는 날이 많다며
조새부리로 한숨을 탁탁 쪼아댄다
아직 꽃샘바람 목덜미를 훑어대는데
굽은 손가락 마디가 갯물에 글썽인다
따개비가 눈곱처럼 낀 갯바위 곁에서
굴 망태 부려놓고 허리춤 추켜올리는 할매
가끔 갯바람에 실려 온 목탁소리가
할매의 생계를 조새질하고 있다

무력한 것들

 빈 깡통을 걷어찼다 누가 마셨는지 누가 버렸는지 모른다
알 필요도 없는 사실을 나는 걷어찼다 확실한 것은 빈 깡통을
발로 찼다는 것뿐 왜 찼는지 의문에 대해서 너는 나를 추궁하지
못한다 깡통의 억울함이 생각의 주리를 틀겠지만 깡통은 또
한방 얻어맞을까 봐 지레 겁먹은 표정이다 길을 가다 발길에
챈 것들 차고 싶은 습성은 언제나 무력한 것들이다 바람에
휩쓸리는 비닐봉지나 빈 우유갑을 괜한 심술로 건드려보고
싶은 것은 누군가로부터 걷어차인 내력이 잠재돼있기 때문이
다 나도 언젠가 시간의 발길에 차여 바닥에 나뒹굴 것인데

낙타

사구(沙丘)를 지나는 낙타의 무릎에서 모래 우는 소리 들린다
가야할 길은 지나온 만큼 멀고 팍팍하지만 멈출 수 없다 주름진
목울대가 먼지를 뱉어 낼 때 숨찬 길이 그렁거린다 이글거리는
태양이 눈꺼풀을 껌벅거릴 때마다 몰려오는 현기증, 소소초의
억센 가시를 씹지 않고서는 모래바람에 맞설 수 없는 길, 무릎이
기억하는 길의 끝은 어디일까 신기루가 끌고 가는 모래 언덕을
터벅터벅 넘어가 땀에 밴 하루치의 노역을 부리고 나면 어둠보
다 먼저 불을 켜는 허기, 헐렁한 지폐 몇 장 손에 쥐고 귀가하는
저물녘 사하라 단칸방 하늘에 별이 뜬다

원포리에서

황톳길 휘돌아 하율재 유채 밭 너머

어선 몇 척 떠있는 강물 위로

휘영청 달빛 쏟아지는 강안 기슭

앓은 이 같은 이름 몰래 꺼내

옛사랑의 어깨에 가만히 손을 얹으면

먼 그리운 불빛 하나 잠들지 못하고

밤 이슥토록 심장께에 통통거린다

중독성 엘레지

먹구름 몰려오는 장마철이면
이 동네 저 동네 누구라 할 것 없이
신경통 관절염을 파스처럼 붙이고
읍내 종합병원엘 간다
닳고 닳은 몸 진료 받고 주사 맞고
무릎 팔 허리 전기마사지로 지지고
보름치 혹은 한 달치 약을 싸들고
경운기 타고 버스 타고 삼삼오오
유모차를 밀며 집으로 돌아간다
비 긋고 나면 젖은 몸 말릴 틈도 없이
논밭으로 나가는
망초, 쇠비름, 명아주, 쇠뜨기풀들
뼈가 쑤셔 일하지 않고는 도저히
견딜 수 없는 저 지독한 중독성

제4부

매미집

허물만 남은 까실한 무명옷

적막의 올 겹겹 한 생의 서사가

촘촘히 기록된 유물 같은

전생의 슬픔을 기억하며

이승의 문턱에서 주술하듯

바람의 몸을 염습殮襲하는

수의 한 벌

동면

산소마스크를 쓴 아버지를 두고 잠시 밖으로 나왔다
병원 뜰 마른 관음죽이 바람에 으스스 떨고 있다

자꾸만 가늘어지는 혈관 속으로 시간이 뚝뚝 떨어지고
집으로 가고 싶어 하는 아버지의 분절음 같은 신음을 뭉갰다

팔다리를 주무르며, 차마
반응 없는 감각의 안부를 속속들이 여쭐 수는 없다

입을 벌려 무슨 말을 하려는 것도 같은데
소리는 아버지 몸속으로 말려들어가 버렸다

아버지, 말을 꺼내보세요
제발요……

창밖엔 알약 같은 눈발이 흩날리고
한 무더기의 울음이 하얗게 실려 나간다

목구멍을 클클거리는 아버지가 홍역 앓는
내 이마에 큰 손을 얹는다
봄날처럼 따뜻하다

아버지 흙벽 같은 잠 속에서 시래기소리가 난다

둥지

-故 덕영에게

하늘이 저리 푸른 물감을 풀기도 했던가
도심 변두리에 둥지를 틀고 살았던 적이 있던가

매일 아침 까치는 세수하듯 울음을 씻어내고
빨랫줄에 걸린 작업복은 바람처럼 흔들렸다

예측할 수 없는 날들이 먹구름으로 머물기도 했을까
서성이는 달빛은 신발 코처럼 반짝이기도 했을까

얼기설기 짜깁기로 세든 삭정이 집에
산 중턱 싸리꽃이 눈시울 붉히던
푸른 페인트를 덧칠한 홍제동 산 번지

까치 떠난 늙은 상수리나무 삭정이 집에
어디서 날아왔는지 한낮의 적막이 깃들고

담벼락 전봇대로 우두커니 서 있던 그림자

저 꼭대기에 둥지를 틀고 살았던 날이 가물거리는

횡단보도

나를 탈출해야 하는 30초!

사랑아

사선^{死線}에서 너를 생각한다

말복 무렵

배추 포대를 머리에 인 아낙이 절룩거리며 걸어오고 있다
영암농약사 지나 해남약국 지나 삼거리 식당 앞 고도리버스정
류장에 멈춰 포대를 부린다 잠시 숨을 고르더니 팔목에 찬
시계를 보며 간이의자에 엉덩이를 붙인다 산이면 가는 버스가
오려면 한 시간을 넘게 기다려야 한다고 아낙 곁에 서있는
버즘나무에서 말매미가 운다 연신 땀을 닦아내며 식당 쪽을
바라보는 아낙 길 건너에서 그 모습을 바라보는 쌀밥나무
저도 더운지 땀을 훔쳐내고 있다

청명

　힘을 쓴다는 것이 저런 것일까 몇 가닥뿐인 천변 갯버들
가지가 가까스로 밀어내는 볍씨만 한 연초록 빛살, 팔순 끝에
매달린 노모, 안쓰러운 힘을 살갑게 받아내는 햇살의 손바닥이
푸르다 온갖 주름뿐인 생도 곧게 탄 가르맛길처럼 환할 때가
있다

봄날

철로변 슬레이트집 한 채
빛바랜 군용 천막 덧씌운 지붕 위에
폐타이어 몇 개 놓여 있고
베니어합판 둘러친 벽이
철거하지 마세요! 울고 있다
잡풀 무성한 간이화장실 옆
녹슨 이력처럼 뒤엉킨 고철들
사이로 애기똥풀 샛노랗다
무허가 거처를 밀고 가듯
경부선 열차소리가 쫓아오는 봄날
멀리서 황사 온다는 소식

민들레영토

월요일골목이가방을메고집을나섭니다
폐지몇장실은골목이헐겁게지나갑니다
오토바이탄골목이피자배달을나갑니다
골목한마리가쓰레기쪽으로다가갑니다
미장원골목이파마머리를굽고있습니다
세탁소골목이다리미로생계를쭉폅니다
열쇠수리점골목이닳은시간을깎습니다
꼬마골목이꽃사슴처럼폴짝뛰어갑니다
야채상골목이확성기로세일판매합니다
동네정자에서노인들이민화투를칩니다
금요일골목이야근을마치고퇴근합니다

(뉴타운결사반대주민추진위원회일동)

합성

어느 날 낯선 사내가 내 방 침대에 앉아 있다 희끗한 머리칼에
검버섯 주름투성이 낯짝을 가졌다 허리띠 밖으로 흘러내린
뱃살이 대뜸 여기가 어디냐 묻기에 나는 여기가 거기다라고
답했다 그는 바람의 보폭으로 바람의 발자국을 밟으며 온
곳이 여기라며 앞으로 어떻게 살아야 하느냐 큰 눈으로 물었지
만 나는 지나온 길은 바람의 문을 여는 또 다른 바람이라고
말했다 한동안 나를 뚫어지게 바라보던 그 사내 눈 깜짝할
사이 잠적해버렸다 바람의 비문처럼

스토킹

문 앞까지 쫓아온다고 미워하지 마세요

그마저 토라지면 어떻게 살려고 그러세요

당신이라는 그림자, 너무 외롭지 않나요

겨울밤

그때, 어머니 몸속을 돌던 보일러가 잠깐 멈췄을라나

애비야, 장롱 안쪽 수의 속에 삼십오만 원 들어 있응께

나 죽으면 가용에 보태 쓰거라

사락사락 눈길 밟고 오던 잠이 내 곁을 떠나는 밤이었다

밤고양이

뒷집 담장에서 밤고양이가 운다
울음의 발톱이 어둠을 찢는다
솟구치다 가라앉고 다시 솟구치는
그때 아기는 왜 울었던 것일까
엄마의 가난을 품고 잠들다 깨어
빨아도 나오지 않는 젖 때문이었을까
어느 봄밤 지하 셋방에서
숨넘어가듯 자지러지던 울음소리
지금쯤 그 아기 어른이 되어
어느 변방 갯바람으로 떠돌지 몰라
이제는 까마득히 기억을 벗어버린
몽고반점의 흔적일지도 모를
새벽녘 밤고양이가 내지르는
저 신생의 소리 싫지는 않은 것이다

낮달

희멀건 눈빛으로
이승의 봄날을 바라보는

저것은

십 년 전
떠돌이 목수와 눈 맞아
야반도주한 마누라를 수소문하며
저잣거리 떠돌다 비명횡사한
천덕꾸러기 천수아재

영정사진이다

화살나무

가슴에 화살을 안고 살아가는 사람이 있다
화살을 만들면서도
화살 한 촉 날리지 못하고
일생이 온통 과녁이 된 사람이 있다
생의 명중이란 고통을 정질하며
자신을 향해 끊임없이 시위를 당기는 것인지
시간이 빚은 장인처럼 화살이 빚어낸 사람이 있다

일상어 뒤집기와 환유로 구축한 신세계

박 몽 구 (시인, 문학평론가)

한 시인이 보여주는 시적 새로움은 그가 채택하는 언어와 소재의 독자성, 선배 세대 및 동시대의 시인들과 구별되는 신선한 기법 등을 통해 구현될 수 있을 것이다. 최근 들어 시단 내외의 주목을 받은 바 있는 '미래파' 등 일군의 시인들은 시적 진술의 즉물성, 언어의 도치 등 해체적 기법을 통하여 새로움을 선보였다. 다른 어떤 시인들의 경우에는 단선적인 사전적 의미에서 벗어난 시어의 다의성(多義性) 확보를 통하여 신선한 충격을 던진 경우도 적지 않다. 같은 모더니즘 계열의 시를 지향하면서도 김현승의 경우 그가 즐겨 사용하는 언어들이 하나같이 다의성을 띤 풍부한 이미지를 구축하고 있는 것은 잘 알려진 사실이다. 김현승은 동시대에 활동한 김기림 등이 선보인 기법의 새로움과는 사뭇 다르게 시어의 다의성 구현과 깊이의 추구로 대응한 바 있다.

조수옥 시인은 20여 년의 시력을 지닌 중견시인이다. 그가 이번에 엮는 시집 원고들을 접하면서, 해체적 언어의 구사 등 기법적인 면이 아닌 또 다른 측면에서도 이렇듯 새로움을 담지할 수 있구나 하는 느낌을 우선 받게 된다. 남녘의 진도 태생으로 성장기를 바닷가에서 보낸 그의 시어들에는 구수한 토속어들이 빈번하게 등장하고, 듣는 것만으로도 따스한 느낌으로 다가오는 꽃과 나무의 이름들을 어렵지 않게 발견할 수 있다.

하지만 이같이 익숙한 사물들의 이름을 만나면서도 필자는 묵어 보인다거나 낡은 느낌을 받지 못하였다. 그의 언어들은 하나같이 잘 닦여 있을 뿐 아니라, 귀가 해진 사전에 빼곡하게 들어찬 지시어에서 벗어나 새롭게 의미를 입고 있는 것을 발견할 수 있었기 때문이다. 이 글에서는 조수옥이 펼쳐 보이는 언어의 새로움 및 그것들을 통해 견인해내는 세계관을 중심으로 이번 시집을 살펴볼까 한다.

뿌지직— 찌익— 찍—

나는 이 소리가 좋아

오래 참았던 방귀를 뽑아내는 괄약근처럼

나뭇결이 화들짝 놀라 뛰쳐나오는 소리

왜 그렇게 후련하고 경쾌한지 몰라

평생 옥죄었을 가난을 뽑아내는 것 같은

그 소리가 왜 도랑물처럼 귓바퀴를 맴도는지 몰라

응어리진 체증을 꽉 물고 나온

녹슬고 휘어진 대못 하나

손바닥에 올려놓고 한참을 본다

세상 어디 목줄을 힘껏 누르고 있는

슬픔, 뽑아내고 싶은 것이다

돼지발톱 장도리로 뿌리까지 확—

　　　　　　　　　　　　　　-「이 소리」, 전문

　널빤지에 박힌 못을 뽑는 모습이 연상되는 시이다. 어린 날을
시골에서 보낸 사람이라면 누구나 경험했을 법한 원시적 상상력으
로 충만해 있다. 녹슨 못 뽑는 소리를 통하여, 비록 가난하기는
했지만 생명력만은 넉넉하게 흘러넘치던 공동체에 대한 추억이
생생하게 담겨 있는 작품이다. 화자는 첫 대목에서 "뿌지직—
찌익— 찍— / 나는 이 소리가 좋아 / 오래 참았던 방귀를 뽑아내는
괄약근처럼 / 나뭇결이 화들짝 놀라 뛰쳐나오는 소리 / 왜 그렇게
후련하고 경쾌한지 몰라"라고 노래함으로써, 낡은 것이 해체되고
새로운 물상이 탄생되는 순간을 잘 포착하고 있다. 시인은 못
뽑을 때 나는 소리를, 참았던 괄약근이 열리는 방귀 소리와 나뭇결
이 일어날 때 내는 후련하고 경쾌한 소리와 병치시키고 있다.

이를 통해 함께 가난을 견디던 시절을 쓸모없는 시간이 아닌 약동하는 청춘을 준비하던 경쾌한 시간으로 인식시킨다. 그 같은 인식은 "응어리진 체증", "녹슬고 휘어진 대못", "세상 어디 목줄을 힘껏 누르고 있는 / 슬픔" 등을 뽑아내고 싶다는 언술의 구조로 변용되어 나타난다. 즉, 힘들고 눌려 있던 시간을 비타협적인 젊음의 의지로 헤쳐 나가겠다는 의지를 담고 있다. 하지만 직설적인 언급 없이 명징한 이미저리로 표출하고 있는 점이 특색이다.

조수옥의 시들에는 이렇듯 민족 공동체의 삶에 뿌리가 닿아 있는 원형적 상징의 세계가 넓게 자리 잡고 있다. 단순히 토속적인 정서에 머물지 않게 하면서 역동적인 인간상을 구현하는 반려로 삼고 있는 게 특징이다.

자드락길 초입

고사한 오동나무

움푹 파인 밑동이

토굴을 놓았다

가까이 다가서자

동자승 같은 새싹 하나

장좌불와

성성적적惺惺寂寂이시다

토굴에 차오르는

보공補空의 빛

속세의 내가 어둡다

열반에 든 오동나무

또 하나의 생을 향해

저리 합장하고 있느니

-「등명」, 전문

장작불에 언 몸을 녹인다

강물 풀리는 소리가 들린다

타닥타닥 타오르는

불꽃 너머에 누군가 있다

불러도 듣지 못하는

흐린 하늘 같은 누군가 있다

아궁이 앞에서 청솔가지 꺾어

군불지피는 누군가 있다

기다림이 다 타도록 남아

눈시울 뜨겁게 바라보는

장작불 속에 누군가 있다

-「생의 저쪽」, 전문

전통적인 소재를 채용하면서도 의미의 지평을 넓히고 있는

시 두 편을 골라 보았다. 앞의 시는 고사한 오동나무를 제재로
한 작품이다. 죽어 넘어진 오동나무 밑둥이 썩어들어 가며 생긴
구멍을 토굴로 은유하면서, 식생을 넘어 사람살이의 철리를 읽어
내고 있다. 화자는 움푹 패인 틈에 "가까이 다가서자 / 동자승
같은 새싹 하나 / 장좌불와 / 성성적적^{惺惺寂寂}이시다"라고 언술함으
로써, 고사목에서 기특하게도 새싹이 돋아나는 정경을 경이롭게
묘사하고 있다. 이를 통해 전생(前生)의 죽음을 딛고 후생(後生)이
꿋꿋하게 일어서는 윤회전생의 사유를 견인해 낸다. 화자는 때
묻지 않은 새싹이 찬바람에도 굴하지 않고 하늘을 향해 기지개를
켜는 모습을 가리켜 "장좌불와"라고 묘사하고 있다. 즉 '곧게
앉아 결코 눕지 않는다'라고 그려냄으로써, 참다운 생명의 윤리는
무엇인지 넌지시 암시하고 있다. 화자는 "속세의 내가 어둡다
/ 열반에 든 오동나무 / 또 하나의 생을 향해 / 저리 합장하고
있느니"라고 결구함으로써, 비록 몸담고 있는 현실이 어둡다 하더
라도 그것을 묵묵히 견디는 사람에게는 또 다른 밝은 생이 점지되어
있다는 사유를 펼치고 있다.

이 시는 고사한 오동나무와 새싹이라는 단순한 사물에서 벗어
나, 전생과 후생, 현세와 내세 등으로 확장되는 환유의 구조를
띠고 있다. 사전적인 의미에서 벗어나 의미의 위계가 얼마든지
넓혀질 수 있음을 잘 보여주고 있다.

뒤의 시 역시 '아궁이'라는 전통적인 공간을 중심으로 시인의

사유를 펼치고 있다. 도입부에 "장작불에 언 몸을 녹인다 / 강물 풀리는 소리가 들린다"라는 병치 이미저리를 배치함으로써 읽는 이들로 하여금 세계를 새롭게 인식하는 길잡이가 되고 있다. 즉, 아궁이에 지핀 불로 언 몸을 녹인다는 것은 개인사에 그치지 않고, 세상을 묶고 있는 겨울의 잠금을 풀고 봄을 앞당기는 일이라고 힘주어 말하고 있는 셈이다. 화자는 "불꽃 너머에 누군가 있다 / 불러도 듣지 못하는 / 흐린 하늘 같은 누군가 있다"라고 언술함으로써, 봄이 오게 하는 것은 순환의 법칙이 아니라 "흐린 하늘"로 환유된 어려움을 몸소 감내하는 사람의 음덕이라는 사유를 담아내고 있다. 이어지는 "군불지피는 누구", "기다림", "눈시울 뜨겁게 바라보는 / 누구" 등의 시어는 그 같은 자기희생적 인간상의 환유이다.

조수옥은 일상의 언어들을 시의 공간에 끌어들이면서도 사전적인 의미에 국한하지 않고 마음껏 다의성을 열어놓는 데 특장이 있다. 그와 함께 동반된 명징한 이미저리는 환기의 공간을 넓게 만들면서 공감대를 확장하는 데 기여하고 있다. 「하지」, 「민들레」, 「명당」 등 여러 편의 시들도 같은 발상법을 바탕으로 씌어졌음을 알 수 있다.

토도로프(Tzvetan Todorov)는 언어 구조에 대해 설명하면서, 의미의 위계(hierarchy)를 축자적 담화(literal discourse), 모호한 담화(ambiguous discourse), 투명한 담화(transparent discourse)로 분류하고 있다. 이를 구체적으로 설명하면, 축자적 담화란 아무것도 환기시키지 않은 채 의미를 지니는 담화이다. 이것은 은유적인 것들이나 상상적 환기를 배제한 채 단어 그대로 즉물적으로 이해하는 것이다. 이 단계의 언어는 직설적인 설명에서 의미를 갖기도 하며, 그 극단으로 누보로망의 경우와 같이 은유를 배제한 채 축자적으로 읽어주기를 바라는 글쓰기에서도 그 예를 찾아볼 수 있다. 모호한 담화는 동일한 문장이라 하더라도 다의적으로 읽혀질 수 있도록 구조화된 문장을 가리킨다. 이 경우에는 같은 문장이라 하더라도 통사론적으로 다른 하부구조를 갖거나 의미론적으로 다의성에 기반하여 있을 수 있다. 투명한 담화는 축자적 의미에 관심을 갖지 않고 그 담화를 이해할 수 있는 문장을 가리킨다. 이것은 유럽 중세의 도덕극(morality play)이나 우화(fable)가 이에 가장 근접한 담화 형식이라고 볼 수 있을 것이다. 토도로프는 투명한 담화의 좋은 예로 한 사회 구성원들이 어떤 사실이나 생각을 완곡하게 완화하고 미화시켜 표현하는 완곡어법(Euphemisms)을 들고 있다. 그는 투명한 담화를 알레고리에 한정하고 있지 않으며, 공시적 다의성이 만연될 때 생기는 한 사회를 둘러싸는 죽은 은유(dead mathors)도 이 범주에 속하는 것으로 경계해야 한다고 말한다.

사전적 의미에 한정되는 축자적 담화, 의미가 쉽게 드러나는 투명한 담화를 피하고, 모호성을 궁극으로 끌고 가는 모호한 담화

를 지향해야 한다는 것이 토도로프 견해의 핵심이다. 이것은 현대
시가 쉽게 구조가 드러나는 알레고리나 은유를 회피하는 것과도
긴밀하게 연결되어 있다. 조수옥의 시들이 우리에게 새롭게 읽히
는 것은 이처럼 모호한 담화의 수순을 밟고 있기 때문이다. 그의
시들의 언어는 토속적이거나 일상어이면서도, 다의성의 구현을
통하여 의미의 위계를 모호함의 극한으로 끌고 가는 저력을 보여주
고 있다.

　　산 첩첩 눈 끝을 향해 달려오는 산맥 허리마다 누군가 휘갈긴
비백飛白 사이로 뾰쪽 내민 산의 이마에 적막이 깊다 내 등뼈를
타고 몰아치던 그해 겨울 눈보라 비칠거리는 능선 한가운데서
적설은 내 허벅지까지 친친 붕대를 감아댔다 흔적은 흔적을 지우고
그 아스라한 경계에서 나는 산이었다가 나무였다가 아무것도 아니
었다가 사방은 온통 눈 첩첩 거대한 북극곰들이 으르렁거리며
진을 치고 가쁜 숨을 내쉬었다 더는 갈 수 없는 내 몸의 오지
등뼈 그 골짜기 거제수나무 껍질에서 저문 바람소리가 들렸다
웅성거리는 곳에 귀 기울이면 사무치는 것은 그대를 향해 뛰어가는
발자국만은 아니었다 다만 그곳에 짐승처럼 웅크리고 있을 그대의
거처가 궁금했으므로 아직 봉인되지 않은 그리움이 겨울을 나고
있으리 외진 바람으로

　　　　　　　　　　　　　　　　　　　　　　　-「오지」, 전문

표제작이기도 한 위의 시는 그가 딛고 선 정신의 지평을 잘 보여준다. 이 시에는 "비백飛白 사이로 뾰쪽 내민 산의 이마"가 공간적 배경으로 제시되어 있다. 겨울 산이라는 원형 상징을 통해 화자를 둘러싼 엄혹한 삶의 조건을 환기하고 있다. 화자는 구체적이고 투명한 진술 없이 그같이 가혹한 삶의 조건에 맞닥뜨린 자신을 가리켜 "산이었다가 나무였다가 아무것도 아니었다"라고 언술함으로써 거대한 자연 앞에서 한없이 왜소할 뿐임을 암시하고 있다. 이것은 뫼비우스의 띠처럼 끝없이 유사하고 근접한 것들로 변용되어 가는 환유이다. 이 같은 작은 화자를 압박해오는 자연은 "비백", "겨울 눈보라", "으르렁거리는 북극곰" 등으로 갈수록 거칠고 거대해져 가고 있다. 여기에 맞선 자신을 가리켜 화자는 "적설이 허벅지까지 붕대를 친친 감아댔다"고 위치지음으로써 거대한 자연 앞에 무력할 수밖에 없는 현실을 환기하고 있다. 화자는 결구에서 다시 자신이 간직하고 있는 "봉인되지 않은 그리움"을 제시함으로써 그 같은 오랜 수명을 지닌 무형의 것만이 첩첩한 산을 넘어 새벽에 닿게 해줄 것이라는 사유를 견인해내고 있다.

좋은 영화에서 만날 수 있는 미장센처럼 한 폭의 명징한 그림이 유창하게 읽힌다. 모호한 의미의 위계와 단단한 환유 구조를 통해 시를 읽는 맛을 한껏 안겨주는 작품이다. 이 같은 발상법의 시로는

「삼월의 몽상」, 「능소화」, 「겨울엽서」 등을 찾아볼 수 있다.

이번 시집에서 대체로 조수옥은 구체적인 진술보다는 명징한 묘사 쪽을 택하고 있다. 그 가운데서도 서정적 자아의 행동반경을 줄인 즉물적 묘사를 택하고 있는 시편들이 상당수 눈에 띈다.

희멀건 눈빛으로
이승의 봄날을 바라보는

저것은

십 년 전
떠돌이 목수와 눈 맞아
야반도주한 마누라를 수소문하며
저잣거리 떠돌다 비명횡사한
천덕꾸러기 천수아재

영정사진이다

　　　　　　　　　　　　　　　　　-「낮달」, 전문

힘을 쓴다는 것이 저런 것일까 몇 가닥뿐인 천변 갯버들 가지가 가까스로 밀어내는 볍씨만 한 연초록 빛살, 八旬 끝에 매달린 노모,

안쓰러운 힘을 살갑게 받아내는 햇살의 손바닥이 푸르다 온갖
주름뿐인 생도 곧게 탄 가르맛길처럼 저리 환할 때가 있다

                                              ―「청명」, 전문

앞의 작품은 한 폭의 간략하게 그려진 목판화를 연상시키는
작품이다. 쉽게 드러나지는 않지만 누구나 하나쯤은 가슴 안쪽에
간직하고 살아가는 상처를 선명하게 부각시키고 있다. 화자는
"희멀건 눈빛으로 / 이승의 봄날을 바라보는 // 저것"이라고 낮달
을 묘사함으로써 그 같은 슬픔은 좀처럼 드러나지 않는다고 말하고
있다. 나아가 "야반도주한 마누라를 수소문하며 / 저잣거리 떠돌
다 비명횡사한 / 천덕꾸러기 천수아재"라고 드라마를 제시함으로
써 그 같은 한을 신원하러 동분서주하지만 희망은 끝내 이루어지지
않는다는 비극적 세계관을 드러낸다. 여기서 "천덕꾸러기 천수아
비"는 못 다 이룬 꿈을 안고 살아가는 이 시대 민초들의 제유(提喩)
이다. 화자가 '낮달'과 '영정사진'을 은유의 고리로 묶어놓은 것은
이루어지지 않는 이 시대의 슬픔이 신원되기를 바라는 아이러니라
고 해야 할 것이다.

뒤의 작품 역시 간결하면서도 명징한 즉물적 이미저리가 많은
말들을 함축하고 있다. 청명(淸明)은 음력 3월에 드는 24절기의
다섯 번째 절기로 이 날 들어 비로소 봄 하늘이 차츰 맑아진다는
뜻을 지닌 말이다. 『동국세시기(東國歲時記)』에 따르면, 이날

버드나무와 느릅나무를 비벼 새 불을 일으켜 임금에게 바치며, 임금은 이 불을 문무백관들과 360 고을의 수령에게 나누어준다. 이를 '사화(賜火)'라 한다. 그만큼 따스한 봄기운을 온누리에 골고루 나누고자 하는 원형상징을 담지하고 있는 말이다.

화자는 청명을 가리켜 "몇 가닥뿐인 천변 갯버들 가지가 가까스로 밀어내는 볍씨만 한 연초록 빛살"이라고 묘사하고 있다. 그만큼 어려움을 이기고 희망의 빛을 풍성하게 일구고자 하는 뜻을 담았다. 나아가 "八旬 끝에 매달린 노모, 안쓰러운 힘을 살갑게 받아내는 햇살의 손바닥이 푸르다"라고 말함으로써 앞 선자들이 노고를 마다하지 않고 일궈내는 빛이야말로 값지다는 사유를 담고 있다. 화자는 결구에서 "온갖 주름뿐인 생도 곧게 탄 가르맛길처럼 저리 환"하다고 묘사함으로써 그렇듯 민초들이 제 몸을 아끼지 않고 일구는 삶의 빛이야말로 얽힌 세상을 가르마처럼 환하게 열어가는 힘이라고 말하고 있다. 명징한 이미저리의 제시를 통해 짧은 형식을 넘어 많은 삶의 드라마를 함축하고 있는 작품이다.

이번 시집을 통해 조수옥은 직설보다는 우회의 언어를 채택하고, 구구한 진술보다는 단단하게 응축된 이미저리를 통해 의미를 함축하는 데 주력하고 있다. 하지만 그의 시가 지니는 특징은 화려한 수사나 언어유희에 그치지 않고, 그만이 견지하는 세계관을 확고하게 견지하고 있다는 점이다. 그의 시선은 화려한 도회보다는 그의 뼈와 정신을 굵게 해준 고향 마을에, 새로운 문명의

이기들이 넘치는 도심의 백화점보다는 낮고 어두운 교외에 모여
사는 이들에게 따스한 앵글을 향하고 있다. 다음에 든 작품들은
그 같은 조수옥 시의 특질을 잘 보여준다.

　　　하루의 노동을 마치고
　　　수평선 너머로
　　　귀가하는 사내의 뒷모습은
　　　얼마나 아름다운가

　　　멀어질수록
　　　가까이 다가서는

　　　지상에 내 걸린
　　　블렌딩 유화 한 점

　　　　　　　　　　　　　　　　　-「광휘」, 전문

　　　나무는 제 몸속을 운행하는 동안

　　　생의 절정에서 출혈을 한다

　　　그것은 소멸을 향하는 반란이자 환생의 묵시록이다

겨울이 오면 삭발하고

삭풍에 몸 곧추세우며 길 떠나는 나무

붙잡지 마라

묵언정진 소생의 길이다

-「화두」, 전문

입을 오므릴 때마다
잔 물살처럼 모여드는 굴곡진 생의 내역들

할머니는 시방
참외의 단맛이 밖으로 새나갈까 봐

귀 닫고
입 닫고
세상 시름 모두 닫고
오물오물 오직
진물 나는 집중이다

살다보니 쓴 세월도 요러코롬 단맛일 줄이야

-「풍경」, 부분

　　맨 앞에 든 시에서 화자는 "하루의 노동을 마치고 / 수평선 너머로 / 귀가하는 사내의 뒷모습은 / 얼마나 아름다운가"라고 묻고 있다. 이를 통해 '노동'과 '아름다움'을 동사 은유의 고리로 연결함으로써, 땀 흘리며 일하는 이들이야말로 이 사회의 중추이고 주인공이라는 견해를 분명히 하고 있다. 나아가 "멀어질수록 / 가까이 다가서는 // 지상에 내 걸린 / 블렌딩 유화 한 점"이라는 명징한 이미저리로 결구함으로써 노동이 멀리 있는 것이 아니며 우리의 삶에 내재한 것이라는 사유를 함축하고 있다.

　　가운데 든 작품 「화두」에서는 나무를 환유로 하여 삶의 비의를 이끌어내고 있다. 첫 대목에서 "나무는 제 몸속을 운행하는 동안 / 생의 절정에서 출혈을 한다"고 말함으로써, 심혈을 다해 살아왔지만 영생을 노리기보다 출혈을 하듯 아낌없이 자신을 버릴 줄 알아야 한다고 말한다. 그렇게 아름답게 소멸할 줄 아는 자만이 환생의 길을 찾는다는 불교적 세계관을 담지하고 있다. "삭발", "삭풍", "길 떠남", "소생" 등의 시어를 통하여 생에의 집착이 아닌 버림을 택하는 것이 참다운 삶의 길이라는 사유를 견인해내고 있다. 결국 대가를 바라지 않으며 온 힘을 다해 "묵언정진"하는 것이 곧 윤회전생의 법칙임을 암묵적으로 말하고 있다.

세 번째 든 작품에서 우리는 그의 시선이 어디에 두어져 있는지 잘 알 수 있다. 그가 한 편의 시에 담아내는 풍경은 화려한 도심이 아닌 저잣거리에서 난장을 펴고 있는 할머니에게 맞춰져 있다. 화자는 "입을 오므릴 때마다 / 잔 물살처럼 모여드는 굴곡진 생의 내역들"이 드러나는 이 빠진 노인에게 주목함으로써 묵묵히 삶의 무게를 지며 살아온 사람의 생이야말로 값지다는 사유의 한 자락을 드러낸다. 그리고 서정적 자아로 하여금 "시방 / 참외의 단맛이 밖으로 새나갈까 봐 // 귀 닫고 / 입 닫고 / 세상 시름 모두 닫"고 묵묵히 제 길을 걷게 하고 있다. 나아가 결구에서 "쓴 세월"과 "단맛"을 은유의 다리로 연결 지음으로써 어려운 시간을 헤쳐 간다는 것은 그 자체로 삶의 단맛을 자아내는 일이라고 힘주어 말하고 있다.

토속적이고 낡은 것들에 대한 따스한 추구와 함께 이번 시집에서 한 축을 이루고 있는 것은 일상적인 것들의 채용이다. 조수옥은 먼 데서 소재를 찾지 않고 시인 주변의 자잘한 일상에서 건진 소재들을 끌어들여 새로운 의미를 입히는 작업에 큰 진전을 보이고 있다. 이것은 현대시의 정신과도 통하는 것으로, 일상적인 것들을 시의 대상으로 삼되, 문제는 심상한 데 머물지 않고 어떻게 깊이를 담보할 수 있느냐의 여부일 것이다.

기다림의 내부를 들여다본다는 것은

그대 몸속에 아직 차오르지 않는

꽃대의 빈속을 바라보는 일입니다

언제 찾아올지 모를 바람의 쓸쓸한

안부를 빈 가슴으로 적셔보는 일입니다

무수한 날이 별똥별처럼 떨어질 때

아직 봉인되지 않는 입술은 부르터

바람인 듯 쉬 닫히지 않습니다

직립의 사무침이 한 곳에서

기다림으로 붉게 꽃피울 수 있는 것은

깜깜함이 온통 뿌리이기 때문입니다

-「우체통에게」, 부분

날리는 것은 허공의 힘에 편승할 줄 안다

누군가 흘리고 간 흔적 같은

한 방향으로 질주하는 속도를 따라

파도의 이랑을 만들기도 하고,

자동차 창문을 살짝 건들기도

범퍼 위에서 치어리더가 되기도 한다

바퀴에 깔리거나 바람에 날려

사라져버릴 두루마리 화장지

돌돌 말아 쓰윽 그곳을 닦을 때

알겠다, 生은 한 롤의 두루마리 같은 것

얼룩을 소리 없이 지워주는 것

더는 풀릴 수 없는 소실점에서

슬픔까지도 두루두루 어루만져줄

두루마리 화장지는 두루미울음이다

-「두루마리 화장지」, 부분

　일상에서 흔하게 만날 수 있는 우체통과 두루마리 화장지를
제재로 삼은 시들이다. 앞에 든 시에서 화자가 "기다림의 내부를
들여다본다는 것은 / 그대 몸속에 아직 차오르지 않는 / 꽃대의
빈 속을 바라보는 일"이라고 언술한 것은 우체통을 보이지 않는
배경에 둔 진술이다. 이것은 단순히 우체통을 넘어 기다림이 없는
세대에 대한 비판적 인식이기도 하다. 나아가 화자는 "기다림으로
붉게 꽃피울 수 있는 것은 / 깜깜함이 온통 뿌리이기 때문"이라고
말하고 있다. "깜깜함"이란 시어를 통해 계산하지 않고 묵묵히
앞으로 나아가는 게 생의 본질이라는 점을 환기시키고 있다.

　뒤의 시에서는 "날리는 것은 허공의 힘에 편승할 줄 안다"는
시적 명제가 흥미롭다. 험한 세상을 헤쳐 나가는 데 있어 억지를
부리기보다 흐르는 대로 맞길 줄도 알아야 한다는 말과 통하는
경구이다. 화자는 결구에서 "풀릴 수 없는 소실점에서 / 슬픔까지

도 두루두루 어루만져줄 / 두루마리 화장지는 두루미 울음이다"라는 결론적인 명제를 제시하고 있다. 결국 생의 굽이굽이에서 만나는 슬픔에 매이기보다, 그늘 넘어 묵묵히 걸어가는 것이 참다운 삶의 길이라고 말하고 있는 셈이다. "두루미 울음"이라는 은유를 통해 한 자리에 머물지 않는 두루미의 생을 환기시키면서 일회성을 넘어 하루하루를 생의 마지막인 듯 살아가라는 메시지를 함축하고 있다. 앞에 든 시들보다는 좀 더 느슨한 진술이기는 하지만 자연스런 호흡을 맛볼 수 있으면서도, 언어의 중의성은 살린 품이 예사롭지 않은 그의 시법을 느끼게 해준다.

조수옥은 이번 시집에서 토속성에 기반한 소재, 작은 일상사에서 길어 올린 소재들을 즐겨 채용하고 있다. 그러면서도 시어의 중의성과 다의성의 묘미를 살려 전혀 새로운 의미망을 구축해내고 있다. 그런 점에서 그만의 시 미학을 구축하는 데 적잖은 성취를 거두고 있다.

또한 단단하게 응축된 시어들을 통하여 진부한 진술보다는 행간을 마음껏 넓히는 초월의 미학을 구사하고 있다. 그 방법론으로는 의미가 농축된 명징한 이미저리를 즐겨 채용하고 있다. 그렇게 함으로써 모호성을 긴장감 있게 끌고 가는 한편, 시의 깊이를 더하고 있다.

이번 시집을 통해 조수옥은 소재 면에서는 서정성을 띠면서도 기법 면에서는 단단한 이미저리를 도입하고 다의성의 시어를 구사하는 등 모더니즘의 성격을 띠고 있다. 그런 점에서 서정과 모더니즘을 잘 결합해 보이는, 새로운 시세계를 선보이고 있다. 그와 함께 췌사를 배제한 명사 위주의 묘사와 환유의 전개를 통해 시인의 내면을 설득력 있게 표백해 내고 있다.

　이번 시집에서 거둔 이 같은 시적 성취는 그 개인의 시세계 심화에 못지않게, 한국시의 깊이와 넓이를 더하는 데 적잖은 기여를 할 것으로 사료된다. 아무쪼록 그의 시세계가 더욱 심화되어 우리 현대시문학사에 의미 있는 일가를 이루기 바라면서 조촐한 논의를 마친다.

오 지

초판 1쇄 발행 2015년 3월 25일

지은이 조수옥
펴낸이 조기조
펴낸곳 도서출판 b
편 집 김장미 백은주
표 지 테크네
인 쇄 주)상지사P&B

등록 2003년 2월 24일 제12-348호
주소 151-899 서울시 관악구 난곡로 288 남진빌딩 401호
전화 02-6293-7070(대) 팩시밀리 02-6293-8080
홈페이지 b-book.co.kr 이메일 bbooks@naver.com

ISBN 978-89-91706-92-7   03810

값 8,000원